Hip hip hip ! Coin coin !

Pour John Joseph Harrison,
3 486 g à la naissance - M. W.

Pour Harry James Humphreys,
mon petit-fils - J. B.

Texte traduit de l'anglais par Élisabeth Duval

Titre de l'ouvrage original : IT'S QUACKING TIME !
Éditeur original : Walker Books Ltd
87 Vauxhall Walk, London SE11 5HJ
Text © 2005 Martin Waddell
Illustrations © 2005 Jill Barton
Tous droits réservés
Pour la traduction française : © Kaléidoscope 2006
Loi n° 49.956 du 16 juillet 1949 sur les publications
destinées à la jeunesse : mars 2006
Dépôt légal : mars 2006
Imprimé à Singapour

Diffusion l'école des loisirs

www.editions-kaleidoscope.com

Hip hip hip !
Coin coin !

Écrit par Martin Waddell
Illustré par Jill Barton

kaléidoscope

Caneton vit parmi les joncs
avec sa maman et son papa.

Un jour, Maman Canard pond un œuf.
Un œuf vert pâle.

Maman et Papa sont émus et contents à la fois, mais…

Caneton demande : "Qu'est-ce que c'est ?"
Il n'a jamais vu d'œuf de sa vie.

"C'est notre œuf, répond Maman.
Notre œuf avec un bébé à l'intérieur."

"Je viens aussi d'un œuf comme ça ?"
demande Caneton à son papa.

"Bien sûr, répond Papa.
Ton œuf était magnifique !"

Tatie Canard, qui a son nid dans les roseaux, leur rend visite.

"Maman a pondu notre œuf, dit Caneton. Notre œuf
avec un bébé canard à l'intérieur, explique-t-il à Tatie.
Moi aussi, je viens d'un œuf. Papa dit qu'il était magnifique."

"Je me souviens de ton œuf", dit Tatie.

"Comment est-ce que je pouvais tenir à l'intérieur ?"
demande Caneton.

"Tu étais beaucoup plus petit, alors, lui répond Tatie.
Fallait-il que tu sois bien petit pour tenir dans la coquille !"

Grand-Pa Canard arrive du bord du lac. "C'est notre œuf,
lui dit Caneton. Il y a un bébé canard à l'intérieur.
Moi aussi, je suis né comme ça. Tatie dit qu'il fallait
que je sois bien petit pour tenir dans la coquille…
Mais je ne me souviens pas de mon œuf."
"Je ne me souviens pas non plus du mien", dit Grand-Pa.
"Tu viens aussi d'un œuf ?" demande Caneton, stupéfait.
"Comme tous les canards", lui répond Grand-Pa.

Cousin Petit Canard barbote près du nid.
Il se dandine jusqu'à l'œuf et demande à Caneton :
"C'est quoi ?"

"C'est notre œuf avec un bébé à l'intérieur, lui répond Caneton.
Toi aussi, tu viens d'un œuf."

"Même pas vrai", dit Cousin Petit Canard.
"Si, c'est vrai, dit Caneton.
Grand-Pa dit que tous les canards
naissent comme ça."

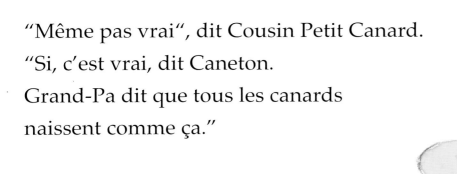

"Peut-être que Grand-Pa se trompe",
dit Cousin Petit Canard.
"Grand-Pa ne se trompe jamais !
réplique Caneton.
D'ailleurs, tu verras bien."

Maman Canard est sur le nid.

Papa Canard lui apporte de la nourriture.

"Notre œuf a un petit peu bougé", dit Caneton à son papa.

Tatie Canard apporte du duvet qu'elle dispose
sur le nid pour le rendre encore plus douillet.
"Notre œuf s'est un petit peu balancé", dit Caneton à Tatie.

Grand-Pa vient aux nouvelles.

"J'ai entendu quelque chose à l'intérieur de notre œuf",
dit Caneton à Grand-Pa.

Maman Canard se lève.

"Il ne va plus tarder", dit-elle à Caneton.

Les grands canards sont tous émus et contents à la fois.

Ils font cercle autour de l'œuf et ils cancanent.

Coin coin coin coin !

Mais…

rien ne se passe.

Alors, Caneton se penche vers l'œuf,
et très doucement, il lui chuchote :
"Coin coin coin coin !"
        et…

toc
        toc
                toc !

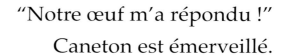

"Notre œuf m'a répondu !"
        Caneton est émerveillé.

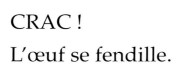

CRAC !
L'œuf se fendille.

Et un tout minuscule petit bec perce la coquille,
et une toute minuscule petite tête apparaît,
comme celle de Caneton, mais en beaucoup plus petit.

"Ça alors !"
s'écrie Cousin Petit, ébahi.

Les grands canards
acclament le nouveau-né.

Coin !

Coin !
Coin !

Et tout le monde admire
le minuscule bébé canard.